Luigi Arrigoni

# Notice historique et bibliographique sur vingt-cinq manuscrits

## Partie de la Bibliothèque de François Pétrarque

Antigonos

Luigi Arrigoni

# Notice historique et bibliographique sur vingt-cinq manuscrits

## Partie de la Bibliothèque de François Pétrarque

Ristampa immutata dell'edizione originale del 1883.

1ª edizione 2024  |  ISBN: 978-3-38664-836-3

Antigonos Verlag è un marchio della Outlook Verlagsgesellschaft mbH.

Verlag (Editore): Outlook Verlag GmbH, Zeilweg 44, 60439 Frankfurt, Deutschland
Vertretungsberechtigt (Rappresentante autorizzato): E. Roepke, Zeilweg 44, 60439 Frankfurt, Deutschland
Druck (Tipografia): Libri Plureos GmbH, Friedensallee 273, 22763 Hamburg, Deutschland

# Notice Historique

### et

# Bibliographique

*sur* **vingt-cinq manuscrits** *dont vingt-quatre sur parchemin et un sur papier des* X^e, XI^e, XII^e, XIII^e & XIV^e *siècles ayant fait partie de la Bibliothèque de*

# François Pétrarque

*dont l'un avec des notes autographes du grand Poète et les 24 autres très probablement aussi annotés par lui, en possession de*

## Louis Arrigoni, Bibliophile-Antiquaire

*membre de la Société Historique Lombarde,*
*de l'Association Britannique d'Archéologie,*
*de la Société Royale Historique*
*d'Angleterre*
*etc. etc.*

## MILAN

6, CORSO VENEZIA, AU 1.^er

—

1883

*Né le 10 Juillet 1304, à Arezzo. Mort le 18 Juillet 1374, à Arquà.*

*(Pétrarque fut trouvé mort dans sa Bibliothèque, la tête appuyée sur un livre ouvert).*

*A Monsieur le Marquis*

EMMANUEL TAPPARELLI D'AZEGLIO

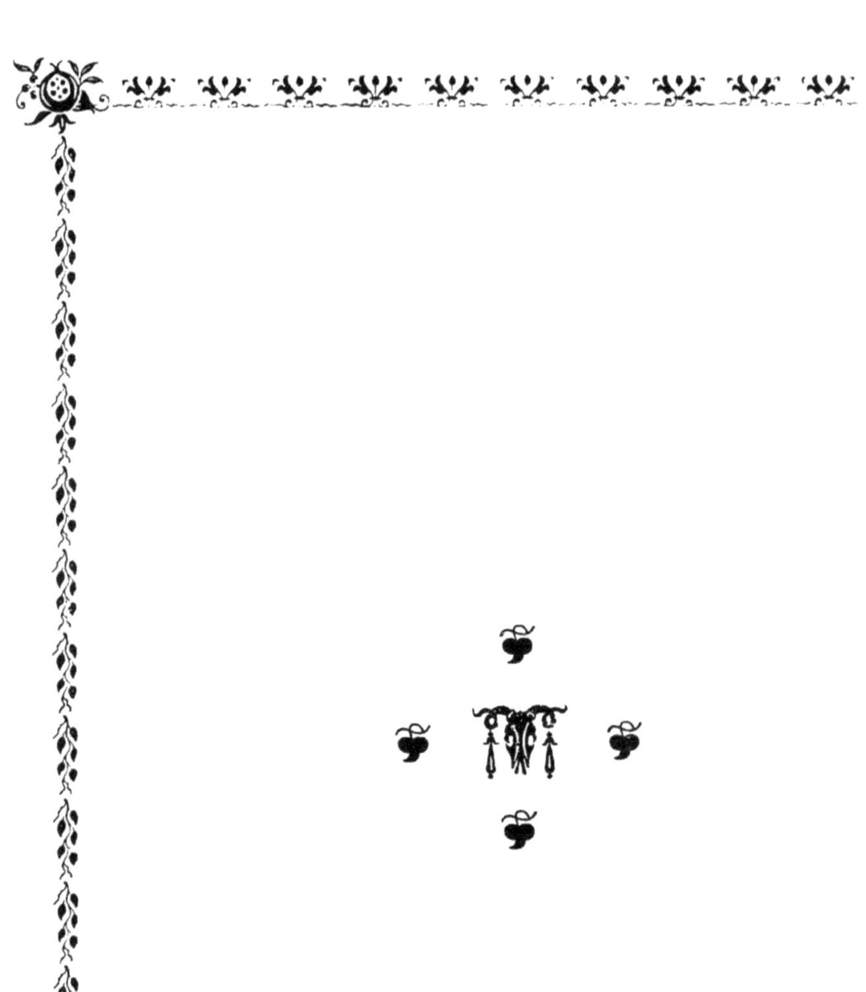

Que ces pages sur Pétrarque, le glorieux précurseur de la Renaissance Italienne, soient dédiées au digne neveu de

## Massimo D'Azeglio

qui mérita la joie de voir s'accomplir la régénération de la Patrie, après lui avoir consacré sa vie.

Milan, Juillet, 1883.

Louis Arrigoni

# Notice Historique

*Vetustissima ipsiusmet Petrarchæ*
*lignea Linterni Tabella ~*

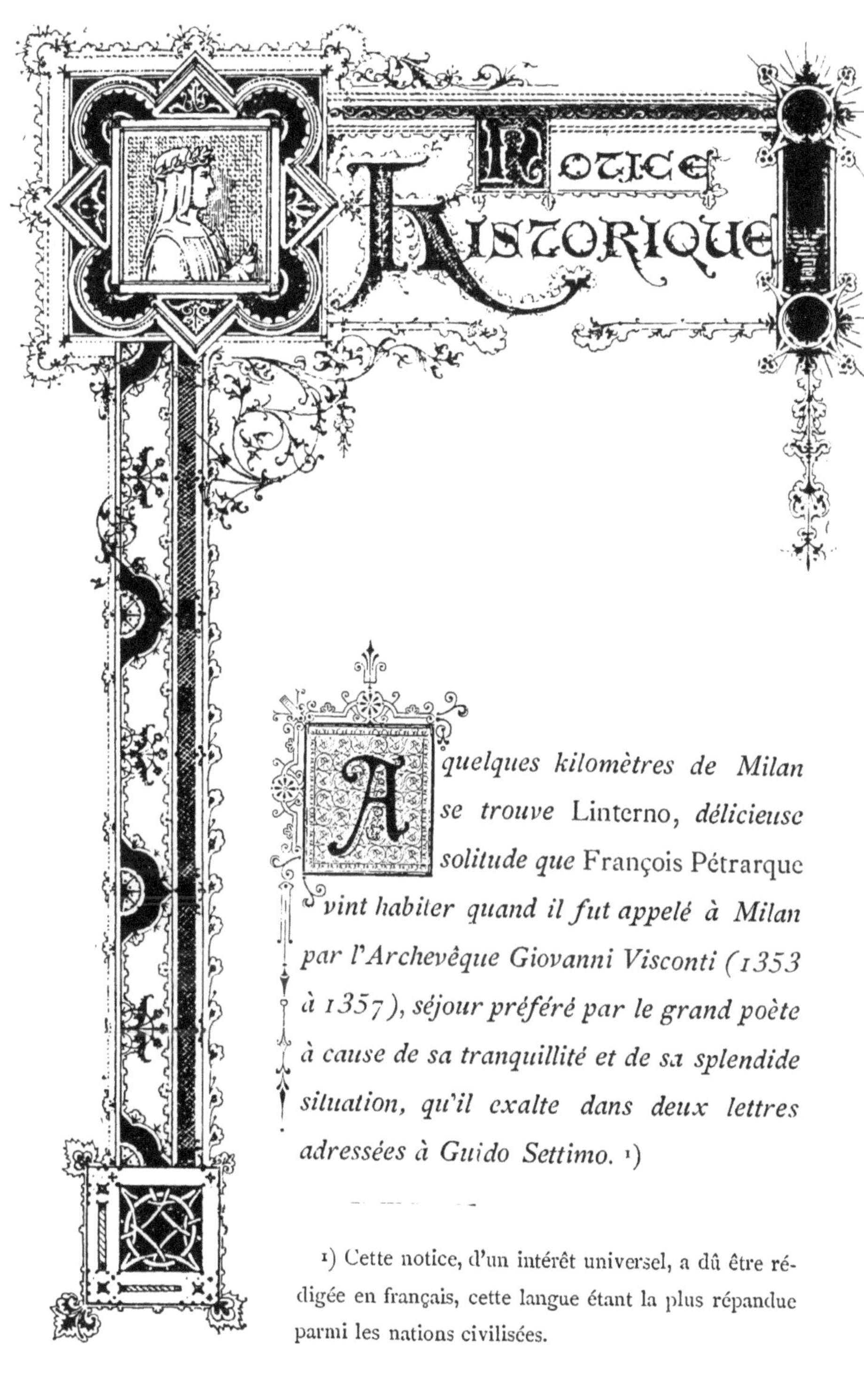

# Notice Historique

A quelques kilomètres de Milan se trouve Linterno, *délicieuse solitude que* François Pétrarque *vint habiter quand il fut appelé à Milan par l'Archevêque Giovanni Visconti (1353 à 1357), séjour préféré par le grand poète à cause de sa tranquillité et de sa splendide situation, qu'il exalte dans deux lettres adressées à Guido Settimo.* [1]

[1] Cette notice, d'un intérêt universel, a dû être rédigée en français, cette langue étant la plus répandue parmi les nations civilisées.

*Linterno est situé non loin de la Chartreuse de Gare-*
*gnano, fondée par le susdit Archevêque Visconti; cette*
*Chartreuse est ornée de superbes fresques dues à Daniel*
*Crespi (mort en 1630).*

*Pétrarque voulait d'abord s'installer à la Chartreuse,*
*et les Religieux eussent été fort heureux de lui donner*
*l'hospitalité, mais il changea bientôt d'avis et s'installa*
*dans le voisinage, à Linterno, afin de pouvoir prendre*
*part à leurs exercices religieux. La porte de la Char-*
*treuse lui était toujours ouverte, privilège accordé à*
*bien peu de personnages et dont Pétrarque était fort*
*satisfait. Dans le calme de sa retraite, Pétrarque conti-*
*nuait ses études et enrichissait sa bibliothèque, demeurée*
*célèbre dans l'histoire littéraire et bibliographique, en oc-*
*cupant constamment six secrétaires à copier les manus-*
*crits dont ses relations étendues lui permettaient d'avoir*
*communication.*

*Ce fut pendant ce séjour que le Pape Clément VI*
*voulut élever Pétrarque à la dignité épiscopale, mais*
*il refusa cet honneur en disant:* Aliis infula, et mihi
Linterni filamenta. *Pétrarque, pour rester à Linterno,*
*renonça à toutes les délices et aux richesses que lui*
*offrirent les Princes et les quatre Papes: Clément VI,*
*Innocent VI, Urbain V et Grégoire XI. Chacun*

*d'eux voulait l'avoir près de soi, mais ils ne purent jamais l'arracher à sa chère solitude, ni par les riches présents, ni par l'éloquence des ambassadeurs, ni par les missives affectueuses et les promesses sans fin.*

*Le Duc Visconti de Milan envoya Pétrarque comme ambassadeur à Charles IV, à l'occasion de la guerre entre les Vénitiens et les Génois, et l'Empereur lui offrit personnellement de l'élever à la dignité qu'il préférerait, soit militaire, soit ecclésiastique, pour rendre hommage à ses talents, mais il refusa nettement par ces paroles:* Neutro, sed ad interna Linterni ornamenta.

*Bergame reçut aussi la visite de Pétrarque, aux sollicitations de Arrigo Capra de cette ville. Pétrarque y fut reçu avec un grand enthousiasme.*

*A l'âge de soixante-six ans, tourmenté de plus en plus par de fortes fièvres, il se laissa persuader de changer de climat et quitta en effet Linterno pour se retirer à Arquà (Province de Padoue), sa dernière demeure.*

*A Linterno, comme il consultait fréquemment le gros volume des Epîtres de Cicéron, il l'avait suspendu à la porte de sa Bibliothèque. Un jour, en y entrant, la boucle de sa robe accrocha le volume qui, en tombant,*

*lui fit une légère blessure à la jambe. Pétrarque par badinage fit suspendre son Cicéron plus haut, parce que, disait-il, Marcus Tullius s'était vengé d'avoir été placé si bas.*

*Avant de quitter Linterno il détacha de sa bibliothè-que, qu'il avait mis près d'un demi-siècle à former dans toutes les parties du monde, un certain nombre de livres religieux, et les offrit comme souvenir d'amitié à ses voisins les bons moines de la Chartreuse de Garegnano. Les autres livres qu'il emporta dans sa nouvelle retraite à Arquà furent malheureusement détruits dans un in-cendie, sauf un petit nombre, parmi lesquels le Virgile annoté de la Bibliothèque Ambrosienne. On sait que l'écriture de Pétrarque a servi de modèle pour le ca-ractère dit* italique *ou* aldino, *gravé par François de Bologne pour Alde Manuce, caractère que ce dernier employa pour la première fois dans l'impression du Virgile de 1501. Dans la suite la Chartreuse fut sup-primée et tout ce qu'elle contenait devint la possession de la famille Ducale de Milan. En 1834 le Duc C. Vis-conti de Modrone fit présent des livres de Pétrarque à M<sup>r</sup> Joseph Bruschetti, ingénieur.*

*Ils font maintenant partie de notre Bibliothèque per-sonnelle.*

*Au XVIe siècle, le moine régisseur de la Chartreuse de Garegnano, appréciant la haute importance des manuscrits légués à son monastère deux siècles auparavant par Pétrarque, et voulant les marquer d'un signe caractéristique pour en authentiquer la possession, fit imprimer sur 2 feuillets en parchemin un abrégé de la Vie de Pétrarque rédigé par Guillaume Rovillio, et par d'autres écrivains, en faisant ressortir principalement le séjour du grand poète à Linterno. Il fit de même graver sur cuivre un* Ex Libris *sur parchemin, in-4°, figurant la mitre abbatiale surmontée de la réponse mémorable faite à l'Empereur Charles IV :* Neutro, sed ad interna Linterni ornamenta, *et au bas :* Fragmentum Bibliothecæ Petrarchæ. *Il fit précéder presque tous les volumes de Pétrarque de l'*Ex Libris, *écrivit au minium le titre de l'ouvrage même, et ajouta à la fin les deux feuillets biographiques.*

*L'ouvrage :* Jacobi Philippi Tomasini episcopi æmoniensis, Petrarcha redivivus, *etc. etc.,* Patavii, Frambotti, *1650, in-4°, avec gravures (editio altera corr. et aucta), qui diffère de la 1ère édition, car elle contient une vue de la maison de Pétrarque à Linterno et le catalogue de ses livres, donne à la page 72 la description des livres de Pétrarque qui sont passés à la Bibliothè-*

que *Marciana de Venise, et, à la page 281, le catalogue de 117 manuscrits formant la bibliothèque de Pétrarque à sa maison de Linterno.*

*Parmi ceux-ci figurent les vingt-quatre livres sur parchemin dont nous donnons la description sommaire.*

*Le manuscrit sur papier, le* Silio Italico De Secundo Bello Punico, *est d'une autre provenance.*

LOUIS ARRIGONI.

# Description
# Bibliographique

# BIBLIOGRAFIQUE

## I

S ilio Italico de Secundo Bello Punico.

Manuscrit du XIVe siècle, sur papier, de 184 feuilles, in-folio, reliure disparue, dans un étui en bois, en forme de livre.

Il commence au 72e vers du premier livre et continue jusqu'à la fin du Poème. Il est richement annoté, et après un examen attentif on remarque que les notes à *l'encre rouge* sont de la même main qui a écrit le texte; — mais les notes interlinéaires servant à l'interprétation du texte même et les notes marginales à *l'encre noire* sont de la main de Pétrarque. — A la page antépénultième se trouve une grande figure d'homme, por-

tant un chien dans les bras, dessinée à la plume, du XV<sup>e</sup> siècle.

Ce précieux volume fut donné par le cardinal Jean Colonna à Pétrarque, ainsi que le prouve l'épigraphe au verso du dernier feuillet: *Joannis Columna Francisco Petrarchæ mnemosynon*, qui nous fait connaître la provenance de ce manuscrit, – de Rome – où peut-être les livres de Silio étaient conservés par les Colonna, célèbres dans les armes et dans les belles-lettres.

Parmi les attestations certifiant l'authenticité des notes autographes de Pétrarque dans ce volume, et qui le rendent des plus précieux, on en trouve:

1º du Chevalier Visconti, archéologue romain, – Rome, 19 avril 1827;

2º de Fr. Jacques Magno, Bibliothécaire de la Bibliothèque *Casanatense alla Minerva*, – Rome, 9 mai 1827:

3º de Pierre Manzi, – Rome, 1<sup>er</sup> juin 1827;

4º de Jean Bap. Vermiglioli, professeur d'archéologie à l'Université de Pérouse, – Rome, 11 juin 1836; mais l'authenticité première résulte d'une *note autographe* de Bembo, ainsi conçue:

*Questo codice di Silio scoperto da Giovanni Colonna nei suoi viaggi intrapresi onde togliersi alle discordie insorte fra la sua famiglia ed il Papa, fu donato da esso al Petrarca, il quale facendone uso grandissimo nel suo*

*Poema dell'Africa, vi scrisse molte note di sua propria mano.*

Cette précieuse note est authentiquée par Laureani de la *Bibliothèque Vaticane.*

## II

 *Biblia Sacra.*

Ravissant manuscrit du XIII^e siècle, 354 feuillets de parchemin *d'une finesse et d'une netteté irréprochables,* hauteur 208 mill. sur 136, à deux colonnes de 57 lignes, reliure de l'époque, en bois recouvert de parchemin.

Les lettres capitales sont en couleurs alternativement rouge et azur, ornementées.

Le feuillet de garde porte ces mots d'une main du XVI^e siècle: *Sacra Biblia ad usum Petrarcæ.*

Cette précieuse Bible porte des notes marginales qui sont très probablement *de Pétrarque.*

## III

 *Deambulatio Mentis In Deum In Vere.*

Manuscrit du XIIIe siècle, sur 84 feuilles de parchemin, hauteur 275 mill. sur 200, – à deux colonnes de 58-59 lignes.

Il semble incomplet au milieu. Ce volume porte l'*Ex Libris* avec la devise *Neutro, sed ad interna Linterni ornamenta, – et, – Fragmentum Bibliotheçœ Petrarchœ.*

Il est relié en bois recouvert de parchemin, et porte des *notes autographes de Pétrarque.*

## IV

 *Ugonis Card. In Lib. Ecclesiastici.*

Manuscrit du XIIIe siècle, sur parchemin d'excellentes qualité et conservation; 104 feuilles, hauteur 327 mill. sur 214; à deux colonnes de 58 lignes. Initiales en couleurs et ornées.

Il porte une *note autographe de Pétrarque*, et l'*Ex Libris.*

## V

**S. *Ambrosii Comm. in Epistol. S. Pauli.***

Manuscrit du XII^e siècle, 184 feuilles de parchemin, hauteur 380 mill. sur 270, caractère anglo-saxon sur deux colonnes de 50 lignes; excellente conservation, vélin de belle qualité. Il manque quelques feuillets au commencement. Le texte est en gros caractère, celui des commentaires est plus petit. Belles et grandes initiales enluminées.

Il porte l'*Ex Libris* gravé, et à la fin, les deux feuillets biographiques de la Vie de Pétrarque, qui ont été ajoutés au XVI^e siècle par les moines de Garegnano.

## VI

**F. *Revocatio Jam Exulantis Dicendi Facultatis.***

(C'est le fameux traité de *Balbus: de Janua Catholicon*).

Manuscrit du XIII^e siècle, sur parchemin, 212 feuilles, hauteur 327 mill. sur 240, à deux colonnes de 58 lignes. Belles initiales en couleurs dont deux grandes à fond d'or. Le premier feuillet est encadré pas des *demi-fleurs de lys* en couleur et or. Au *Catholicon* il y a deux lacunes.

Porte l'*Ex Libris*, et les deux feuillets biographiques à la fin.

Reliure en bois recouvert de parchemin; sur les gardes, collées, deux grandes gravures, l'une represente la *Grammatica*, l'autre la *Musica*.

## VII

 *Ægidi Columnæ. In Libros Posteriorum.*

Manuscrit du XIV<sup>e</sup> siècle, 121 feuilles de parchemin, hauteur 323 mill. sur 228, à deux colonnes de 56 lignes. Belles initiales en couleurs et miniatures. Le livre est adressé par l'auteur, Egide Colonna, à *Étienne de Moulay*. A la fin se trouve la suivante souscription : *Hic liber continent folia CXXI, computate puti, emptus p. me Gob. Martino de Caravazio.*

Porte l'*Ex Libris* et les deux feuillets biographiques.

Relié en bois recouvert de parchemin.

## VIII

 *Æ. C. (Ægidi Columnæ). In 2 Lib. Sentent.*

Manuscrit du commencement du XIVe siècle, sur parchemin, 108 feuilles dont la dernière n'est pas entière, hauteur 320 mill. sur 230; à deux colonnes de 49 lignes. Initiales en couleurs.

Porte l'*Ex Libris* et les deux feuillets biographiques. Relié en bois recouvert de parchemin.

## IX

 *Œconomia Giordani P. Ph.*

Manuscrit du XIIIe siècle, sur parchemin, 345 feuilles, hauteur 327 mill. sur 250, à deux colonnes de 60 lignes.

Porte l'*Ex Libris* et les deux feuillets biographiques. Relié en bois recouvert de parchemin.

## X

 *Richardi De Media Villa. In 2 Lib. Sentent.*

Manuscrit du XIII<sup>e</sup> siècle, 260 feuilles de parchemin d'une blancheur et d'une conservation étonnantes ; hauteur 327 mill. sur 250 ; à deux colonnes de 42 lignes, initiale en couleur et ornée.

Ce charmant manuscrit est daté de *1287*.

Porte l'*Ex Libris* et les deux feuillets biographiques.

## XI

 *Linterni Lectio Pro Spiritualibus Advenis.*

Manuscrit du XIV<sup>e</sup> siècle, sur 282 feuilles de beau parchemin, hauteur 360 mill. sur 240 ; à deux colonnes de 45 lignes.

Les Sermons portent des rubriques.

Porte l'*Ex Libris* et les deux feuillets biographiques.

Relié en bois recouvert de parchemin.

## XII

 *Æ. Columna. Libri Quatuor Theologici.*

Mᴀɴᴜꜱᴄʀɪᴛ de la première moitié du XIVᵉ siècle, 128 feuilles de parchemin; hauteur 330 mill. sur 235; à deux colonnes de 50 lignes.

Initiales avec arabesques enluminées et dorées.

Incomplet au commencement et à la fin.

Porte l'*Ex Libris* et les deux feuillets biographiques à la fin.

Relié en bois recouvert de parchemin.

## XIII

 *Æ. Columna. Philosophicae Discussiones.*

Mᴀɴᴜꜱᴄʀɪᴛ du XIVᵉ siècle, sur 85 feuilles de parchemin, hauteur 340 mill. sur 232; à deux colonnes de 69 à 72 lignes.

Avec les gloses de *Mag. Go Sicca Villa Parisien.*

Porte l'*Ex Libris* et les deux feuillets biographiques à la fin.

Relié en bois recouvert de parchemin.

## XIV

 *Sylva Sylvarum in Solitudine.*

Manuscrit de la première moitié du XIV<sup>e</sup> siècle, sur 96 feuilles de parchemin, hauteur 333 millim. sur 252: à 4 colonnes de 54 lignes.

Porte l'*Ex Libris.*

Reliure en bois recouvert de parchemin.

## XV

*S. Augustini Contra Epist. Parmen., et liber Paschasii Ratberti.*

Manuscrit du XI<sup>e</sup> siècle, sur 98 feuilles de parchemin superbement conservé; hauteur 213 mill. sur 148, à longues lignes, de 32 lignes par page.

Belles initiales ornées.

Relié en bois recouvert de parchemin.

## XVI

 *Evangelia cum glossa.*

Mᴀɴᴜꜱᴄʀɪᴛ du Xᵉ siècle, composé de 117 feuilles de parchemin, hauteur 244 mill. sur 147; à longues lignes, de 18 lignes par page.

Incomplet au commencement.

Notes vraisemblablement *autographes de Pétrarque*.

Relié en bois recouvert de l'*Ex Libris* en parchemin, et celui-ci à son tour recouvert de soie brune.

## XVII

 *Gregorij Ariminensis. In Librum Secundum Sententiarum.*

Mᴀɴᴜꜱᴄʀɪᴛ du XIVᵉ siècle, sur 118 feuilles de parchemin, hauteur 342 mill. sur 247; à deux colonnes de 65 à 68 lignes; initiales en couleurs et or avec ornements.

Nombreuses annotations, dont plusieurs sont vraisemblablement *autographes de Pétrarque*.

Relié en bois recouvert de parchemin.

## XVIII

 *Venatio Sapientiæ in Solitudine.*

Manuscrit du XIVᵉ siècle, sur 89 feuilles de parchemin, hauteur 305 mill. sur 230, à deux colonnes de 33 lignes.

Les marges sont entièrement recouvertes de notes dont plusieurs ont été biffées.

Relié en bois recouvert de parchemin et sur une garde est collée une gravure de *Vriese.*

## XIX

 *Norma Veræ Vitæ.*

Manuscrit du commencement du XIVᵉ siècle, sur 108 feuilles de parchemin, hauteur 228 mill. sur 168, à deux colonnes de 40 lignes.

La dernière page n'est pas entière.

Initiales en couleurs.

Relié en bois recouvert de parchemin.

## XX

 *Sylva Sententiarum et Sermones.*

Manuscrit de la fin du XIIIe siècle, sur 36 feuilles de gros parchemin, 230 mill. de hauteur sur 150; à longues lignes, de 33 à 34 lignes par page.

Il manque des pages au commencement et à la fin.

## XXI

 *Claustrum Solitudinis.*

Manuscrit du XIIIe siècle, de 120 feuilles de parchemin, sur deux colonnes de 40 et 44 lignes, initiales en couleurs.

Quelques notes marginales.

Relié en bois recouvert de parchemin.

## XXII

 *S. Clementis Lib. X.*

Manuscrit du XIIe siècle, de 120 feuilles de parchemin, hauteur 210 mill. sur 130, à longues lignes, 29 lignes par page.

Manuscrit bien complet sur parchemin de choix.

Sur le dernier feuillet on lit la date postérieure au co-
dex: *1291*, et les mots: Petrarchæ tulit.

Le texte commence par ces mots:

> *Incip epla bati Clemtis....*

Reliure en bois recouvert de parchemin.

## XXIII

*Amplexus Cum Vero Bono.*

Manuscrit du XIIe siècle, sur 108 feuilles de parchemin, hauteur 165 mill. sur 100, à longues lignes, 22
à 30 lignes par page.

Au dernier feuillet, une note de date postérieure au
manuscrit, dit que « le *Pape Jean XII*, résident à Avi-

gnon, accorde 260 jours d'indulgence à tous ceux qui liront le présent livre. »

Le texte commence par ces mots : *Incip Plogis lector.*

Relié en bois recouvert de parchemin.

## XXIV

 *Aura Tranquillitatis.*

Manuscrit du XIVe siècle, de 205 feuilles de parchemin, hauteur 130 mill. sur 90, à longues lignes, de 32 à 37 lignes par page.

Commence par la feuille 40, et incomplet à la fin.

Relié en bois recouvert de parchemin.

## XXV

 *S. Bonaventura. In Librum Tertium Sententiarum.*

Manuscrit du commencement du XIVe siècle, composé de 218 feuilles de parchemin, hauteur 315 mill., sur 218 de large, à deux colonnes de 48 lignes.

Excellente conservation, et parchemin de choix; initiales en couleurs.

Au bas du verso du dernier feuillet une note attribuée à *la main de Pétrarque*.

Porte l'*Ex Libris*, et les deux feuillets biographiques.

Relié en bois recouvert de parchemin.

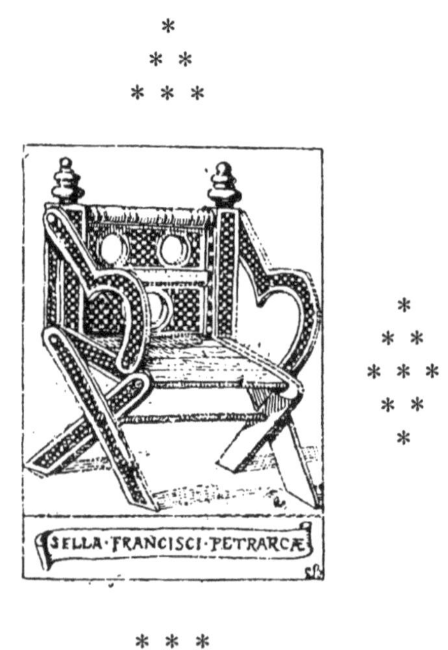